El caballero andante

Contenido

Prólogo 5
Introducción...9
El caballero andante..15
Alegorías: 25
El caballero Andante 27
Supplementum..65
Don Quixote Vs. Lazarillo de Tormes. 67

Prólogo

Toda la vida de los mortales, no es aquí sino una perpetua guerra[1]. En ella, no hace menos el soldado que pone en ejecución lo que su capitán le manda que el mismo capitán que se lo ordena. Quiero decir que los religiosos con toda paz y sosiego, piden al cielo el bien de la tierra; pero los soldados y caballeros ponemos en ejecución lo que ellos piden, defendiéndola con el valor de nuestros brazos y filos de nuestras espadas, no debajo de cubierta, sino a cielo abierto, puestos en blanco de los insufribles rayos del sol en el verano y de los erizados yelos del invierno. Así que somos ministros de Dios en la tierra y brazos por quien ejecuta en ella la justicia. No hay duda sino que los caballeros andantes pasados pasaron mucha malaventura en el discurso de su vida. Y si algunos subieron a ser emperadores por el valor de su brazo, a fe que les costó buen porqué de su sangre y de su sudor[2].

Hermanos, vestíos de la armadura de Dios para poderos sostener de los ataques engañosos del diablo. Porque para nosotros, la lucha no es contra sangre y carne, sino contra los principados y potestades, contra los poderes mundanos de estas tinieblas, contra los espíritus de la maldad en lo

[1] Erasmo de Rótterdam: "Manual del Caballero Cristiano" , prólogo. Traducción propia de la versión en Romance.
[2] Miguel de Cervantes Saavedra: "*El ingenioso hidalgo do quijote de la mancha*" (Ed. Codex), Tomo 1 Página I/147.

celestial[3]. Es el campo de batalla más amargo del mundo, dónde el hombre debe vencer no solo al demonio y al mundo, sino también, y especialmente, a sí mismo. "Domino Christo vero Regi Militaturus" Combatir por cristo, el verdadero Rey[4].

Me gusta esa palabra "militaturus". ¡En ella escucho el entrechoque de las espuelas, el crujido de la armadura y el importuno pelear y acercarse de los caballos! Cuando la oigo, huelo a batalla[5].Tomad, por eso, la armadura de Dios, para que podáis resistir en el día malo y, habiendo cumplido todo, estar en pie. Teneos, pues, firmes, ceñidos los lomos con la verdad y vestidos con la coraza de la justicia, y calzados los pies con la prontitud del evangelio de la paz. Embrazad en todas las ocasiones, el escudo de la fe, con el cual podréis apagar todos los dardos encendidos del maligno. Recibid asimismo el yelmo de la palabra de Dios; orando siempre en el Espíritu con toda suerte de oración y plegaria, y velando para ello con toda perseverancia y súplica por todos los santos[6].

Y quiero yo darte este Enchiridion, que quiere decir arma pequeña, y muy maleable, como

---

[3] Ef. 6: 10 – 12. Traducción Mons. Straubinguer.
[4] A. Raymond: *"La familia que alcanzó a Cristo"*. Pag. 49 y 127
[5] A. Raymond: *"La familia que alcanzó a Cristo"*. Pag. 127
[6] Ef. 6: 10 – 12. Traducción Mons. Straubinguer.

una daga o puñal, para que nunca lo apartes de la cinta, y lo tengas tan a mano que ni en la mesa ni en la cama lo apartes de ti, y para que no te acontezca jamás que el enemigo venga a traición y te halle en un momento desarmado, que no te pese traer contigo este puñalcito pequeño, que es muy propio para esto[7].

Prólogo conjunto de San Pablo[8], Erasmo de Rotterdam, Miguel de Cervantes Saavedra y M. Raymond[9].

[7] Erasmo de Rótterdam: "Manual del Caballero Cristiano", Cap. II. Traducción propia de la versión en Romance.
[8] Traducción de Mons. Sraubinger.
[9] Biografía novelada de San Bernardo y su familia, basado en "las propias palabras de San Bernardo, recogidas en sus sermones o bien de sus cartas".

Introducción

Estimado amigo, antes de iniciar con la lectura de este pequeño ensayo, me gustaría contarte su génesis… cómo es que surge y se desarrolla, y por qué ha llevado tantos años su finalización.

El cuento (El Caballero Andante) fue escrito aproximadamente en el año 2006, a modo de ejercicio auto-impuesto, cuando quise ver si tenía la capacidad de escribir una historia en la cual, cada palabra significara una realidad completamente diferente a la que se narraba. En ese contexto tomé "la vida Cristiana", a la que considero una lucha constante por un fin superior: *"Cómo Cristianos, como el Caballero de la historia, somos las personas más ambiciosas"* del mundo. Tenía, en aquel tiempo, 23 años aproximadamente. Digo aproximadamente porque ya no recuerdo la fecha exacta de su redacción.

Si bien el cuento inició con ese fin y tenía expresamente prevista la redacción de un comentario en el cual se explicaran sus significados, la elaboración de este último, de la segunda parte del ensayo, se dilató aproximadamente hasta aproximadamente 2010 (a mis 27 años, aunque podría ser posterior). Antes de esa fecha, lo único que tenía era el apartado titulado *"Alegorías"*, anteriormente llamado *"metáforas"*, pero el contenido del comentario se mantuvo permanente en mi mente desde la confección del cuento hasta su elaboración final.

Ciertamente, como todo escrito, representa la visión del autor, esto es, *mi visión* de la vida Cristiana, la cual, creo, es coherente con la doctrina de la Iglesia.

Aquí quisiera hacer una breve observación: habrás notado, querido amigo, que no hablo de Católico, sino de Cristiano, y ello se debe a que considero que ambas palabras son sinónimos: no se puede ser Cristiano sin ser Católico, ni ser Católico sin ser Cristiano. Prueba de ello es que las iglesias tradicionales (Ortodoxa, Anglicana, Luterana, etc.) se reconocen a sí mismas como Católicas Apostólicas, pero no Romanas. La Iglesia Ortodoxa es Iglesia Católica Apostólica Ortodoxa, la Anglicana es Iglesia Católica Apostólica Anglicana, y así sucesivamente, pero no corresponde entrar en un análisis, ni en mi perspectiva, respecto de dichas denominaciones, por tratarse de un tema altamente complejo y ajeno a este pequeño ensayo.

Quizás te estés preguntando qué tan coherente soy con lo que aquí escribo, y me parece una pregunta legítima. La verdad es que éste es mi ideal de vida e intento guiarme por ello, por lo que, entiendo, la Iglesia nos enseña, pero tal como el Caballero del cuento, soy un hombre débil, imperfecto, sujeto a constantes caídas (más caídas que triunfos, si es que tengo alguno). No me considero, ni por lejos, digno de algún crédito ni de imitación como persona, pero déjame decirte una sola cosa que rescato de mí: que soy plenamente consciente de mis defectos, que no me enorgullezco de ellos aun cuando no pueda o me sea muy difícil cambiarlos y que realmente intento mejorar cada día. No creo en eso de que "a esta altura no voy a cambiar", creo que hasta el día que muera estoy a tiempo de mejorar, por difícil que sea y así intento actuar.

Quizás a quien lo ve desde fuera, pueda costarle creerlo, pero debés saber, y espero que lo que digo te sea de utilidad también para vos, para tu vida, que todos tenemos nuestras luchas interiores, tan reales como las externas. El hecho de que otros no reconozcan nuestro esfuerzo por no poderlo ver, hace que esa lucha sea más difícil, pero no por eso debemos, debés o debo abandonarla y, si me permitís la propuesta, quisiera que nos acompañemos mutuamente a luchar esta perpetua guerra.

Algunos vieron, o quisieron ver, en este ensayo, algo muy similar a "El caballero de la armadura oxidada". No sé si es un elogio, una acusación o una ofensa, solo puedo asegurarte que, al momento de crear este cuento, nunca había leído "El caballero de la armadura oxidada", pero ante la insistencia de quienes leyeron mi pequeña obra, aun inédita, decidí comprarlo y déjame decirte solo esto: El caballero de la armadura oxidada tiene una visión más bien psicológica, terrena, de lo que es nuestra vida, en tanto que el caballero andante, pretende ser una representación de la vida Cristina, naturalmente sobrenatural.

Por otro lado, mientras en "El caballero de la armadura oxidada", la armadura se convertía en un símbolo negativo del sujeto, en este caso, la armadura es esencial para el Caballero, para pelear el Buen Combate y quitársela implicaría el peor error del Caballero Andante. Dicho eso, te dejo que saques tus conclusiones.

Para terminar, al final de este ensayo, he querido agregar un *"Supplementum"*. Se trata de un comentario breve a dos libros/novelas: Don Quijote y Lazarillo de Thormes. Seguramente notarás que el estilo de ese escrito es un poco más descuidado que el del cuento y del comentario, y ello se debe a que fue escrito hacia 2004 o quizás antes, de manera que, lógicamente, mi redacción ha evolucionado desde entonces. Sin embargo, ese comentario, que considero conteste con este ensayo, representa también esa lucha del Caballero Andante como representación del ideal de vida Cristiana, en contraposición a la vida del hombre mundano, representado por Lazarillo, por lo que quise compartirlo con vos, a pesar de sus incuestionables deficiencias.

Ahora sí, querido amigo, te dejo en libertad para que leas y, Dios mediante, disfrutes, este ejercicio que, finalmente, quise compartir con otros.

Afectuosamente,

Santiago.

Buenos Aires 10 – 01 – 2020

El caballero andante

Ésta es la historia de mi vida en la empresa de caballero andante, en la que me inicié hace muchos años, en mi juventud, y hoy la ejerzo con más fuerza que nunca.

Es una historia muy interesante, y creo que en mi adolescencia, no habría imaginado jamás que llegaría a este punto, a este lugar en mi carrera, a este nivel de fortaleza y de perfección en el ejercicio de la caballería andante.

Todo empezó cuando era yo un joven adolescente, y ese espíritu guerrero se despertó en mí como en cualquier otro joven. Me carcomían las ansias de lanzarme a la aventura, a todo aquello de lo que hablaban los trovadores, los bardos y troveros; las leyendas de valerosos caballeros que, a lo largo de su vida, supieron dedicarse a esta noble tarea de proteger lo que era importante para ellos. Era un adolescente, y estos eran los héroes de la juventud, esto era lo que todos anhelábamos.

Las viejas historias llegadas a nosotros por extraños con sus liras y sus versos, los cuentos que nos llegaban por nuestros padres, las historias de nuestras naciones, formadas por valientes hombres que habían sabido conquistar todo el respeto y la admiración de las gentes.

Mas o menos a la edad de dieciséis años, salí en busca de mis primeras aventuras junto con algunos amigos; éramos tres en realidad, Francisco y Alfonso. Uno de ellos, Francisco, más atolondrado, siempre exponiéndose valientemente al peligro sin calcular las consecuencias, y Alfonso más tranquilo, pero siempre listo a dar su vida por cualquiera de nosotros si eso fuera necesario.

Así nos lanzamos a nuestra primer aventura, casi desnudos, apenas traíamos una vieja pechera cada uno, pertenecientes a nuestros antepasados, la mia era pesada, y tenía abolladuras, y no era exactamente de mi talla, pero me sirvió en mis primeras expediciones, aunque en todas estas salí muy herido.

No teníamos armas ni escudos, por lo que las misiones que nos imponíamos eran sencillas. Era la época en la que los peregrinos necesitaban protección durante sus caminos, y, al menos en nuestra región, conocíamos la ruta más segura para llegar a destino, o al pueblo siguiente, evitando así posibles ataques por parte de los musulmanes.

Eran raras las ocasiones en las que éramos emboscados, y generalmente bastaba con las herramientas que nos daba la naturaleza para salir del problema, y me refiero a palos y rocas que solíamos tener a mano.

La estrategia usual era la siguiente: la mayoría de los peregrinos eran nobles provenientes de grandes familias, o sacerdotes, todos con algún conocimiento de defensa y por lo general con una débil guardia.

Mientras Alfonso y yo combatíamos, con ayuda de la pequeña guardia, no superior, por lo general a nosotros, contra los musulmanes, Francisco guiaba a los peregrinos fuera de peligro, quienes en ocasiones lo recompensaban con pequeñas sumas de dinero que nos servían para comer algo y pasar el día. De más esta decir, que los tres éramos hijos de caballeros, y al no pertenecer a la nobleza de linaje no teníamos grandes extensiones de tierras, castillos ni nada muy impresionante, sino que, si bien vivíamos cómodamente, lo hacíamos también con humildad, y nuestro nivel de vida, así como en la infancia había dependido del cargo de nuestros padres, hoy comenzaba a depender de nuestras empresas y de las propinas de los peregrinos.

No pasó mucho tiempo hasta que me fue posible mejorar mi armadura y adquirir un escudo, así lo hizo también Alfonso, pero no Francisco, quien prefirió usar el dinero en otras cosas, aunque con el tiempo vio la necesidad de hacer lo mismo.

Esta adquisición fue algo maravilloso, las batallas libradas anteriormente, si bien exitosas, sobre todo gracias a las rústicas armaduras, nos habían dejado dañados, y en alguna ocasión casi pierdo la vida, pero no faltó la compañía de mi amigo fiel Alfonso.

Cerca de los veintiún años, escoltamos sin saberlo al Príncipe de nuestro reino, y aún con solo un escudo y las nuevas armaduras, debimos evitar un ataque importante de unos treinta musulmanes, contra nosotros tres y la guardia real de apenas cuatro soldados, de los cuales solo vivieron dos, pero pudimos llevar triunfantes al peregrino a destino.

El Príncipe nos recompensó con espadas, las cuales nos serían de gran utilidad en el futuro.

No pasó mucho tiempo más para que fuéramos llamados a formar parte del ejército real, no para grandes batallas, sino para pequeñas misiones, ya que el Príncipe había quedado encantado de nuestra actuación. ¡Soldados del Rey!, era el honor más grande que podíamos esperar, y nos había llegado sin desearlo. Claro, una vez en el ejército aun podíamos anhelar mejores cargos, pero no era eso lo que guiaba nuestro joven espíritu aventurero.

Las primeras misiones fueron a regiones reconquistadas, junto con grandes grupos, pero se nos enviaba a misiones de rescate, reconocimiento y negociación, más que a batallas contra el enemigo, aunque nunca faltaban verdaderos combates, tanto reales como morales.

Eran comunes las ofertas de los Reyes musulmanes para tentarnos a traicionar a nuestro Príncipe, pero mi conciencia no me habría dejado aceptar jamás, no así Francisco, quien fue tomado por el enemigo y se convirtió en un traidor.

Esta es la historia: durante un reconocimiento nos encontramos con resistencia, peleamos con coraje y fuerza, y pronto habíamos reducido a nuestros diez atacantes; o eso creí, ya que cuando nos disponíamos a irnos, ya con los prisioneros, Francisco me atacó por la espalda. Transamos en una corta pero dura lucha, en la que yo caí al suelo, y habría perdido la vida de no ser por Alfonso, quien se interpuso entre el golpe y yo, y dejando a Francisco inconsciente, regresamos al campamento con los prisioneros.

Así libramos muchas batallas, y fuimos ganando honores, mejores armas, escudos, armaduras, y hasta caballos, pero pronto nuestra tarea allí terminó, y se nos encomendó la misión que no ha faltado en ninguna historia de caballeros, los combates contra el dragón.

En varias ocasiones he tenido que enfrentarme con esta bestia, enorme, con un mortal aliento, estremecedora, pero mi equipo (mi vestidura), mi caballo, y mi amigo Alfonso nunca me fallaron, y en cientos de ocasiones salvaron mi vida, aunque aun así he sacado grandes heridas de estas batallas, las cuales siempre me han ayudado a perfeccionarme en mi vida.

En una ocasión, mientras me encontraba peleando, la fiera golpeó con fuerza mi caballo, y me hizo caer. Éste rodó sobre mí, dejándome muy adolorido. Mi espada había caído también, y no muy cerca, y el escudo, por poco y había logrado sostenerlo en mi mano.

En ese momento, el dragón se abalanzó sobre mí, atacándome con sus garras, pero no pudo dañar la armadura, sin embargo yo salí volando unos metros. Tomé con fuerza mi escudo y corrí hacia él, luchando contra su aliento abrasador, pero caí al suelo.

Una vez más la bestia se me abalanzó, pero tomé el escudo y me defendí, me atacó nuevamente con la cola, empujándome cerca de mi espada, la cual tomé con tantas fuerzas como pude, me cubrí bajo mi escudo, y volví a acercarme, peleando con fuerza y esquivando los zarpazos del dragón.

Cuando empezaba a desesperar, de un árbol cayó Alfonso, quien tomó al dragón por el cuello, y comenzó a ser sacudido violentamente por éste que intentaba arrojarlo, y lo hizo, pero él se levantó, me tomó del brazo y me ayudó a levantarme y a subirme a mi caballo.

Con su ayuda me enlace nuevamente en la batalla, y una vez más pudimos hacer huir al dragón por donde había venido, nunca le agradecí tanto por salvarme como ese día.

Muchas veces, luego de aquel triste suceso, he tenido también que enfrentarme a mi antiguo compañero, en quien alguna vez confié, que aparecía en general en momentos en que yo me encontraba débil, o a punto de ser derrotado por el enemigo, a darme ese "ultimátum" para unirme a ellos, pero era entonces cuando juntaba fuerzas y siempre salía adelante, siempre, con ayuda de mi caballo y de mi amigo fiel.

Hoy, a los treinta y cinco años, tengo miles de historias que contar, otras miles de batallas, contra el dragón, contra los musulmanes, contra Francisco, y no dudo que muchas de ellas pueden llegar a ser mucho más interesantes que las que conté, probablemente también mas largas, y mas llenas de detalles, pero seguro que jamás aburridas. Tengo historias de grandes y no tan grandes victorias, de batallas perdidas pero guerras ganadas, de traiciones y de compañerismo, pero esas, las dejaré para otra ocasión, y por ahora, solo me pondré mi armadura, mi casco, me ceñiré el cinturón, tomaré mi escudo, mi espada y mi caballo, e iré en busca de mi viejo amigo, para recorrer mi tierra en busca de nuevas aventuras, que nunca faltarán en la vida de un caballero andante.

Fin.

Alegorías:

El caballero: el cristiano promedio que se enfrenta diariamente a los retos del demonio.

Francisco: la tentación, principal aliada del diablo.

Alfonso: el ángel de la guarda, siempre a nuestro lado para no dejarnos caer en interceder por nosotros, aun a costa de su vida.

Juventud: inseguridad, búsqueda de la Fe, sin saber exactamente que es.

La armadura: la protección del Espíritu Santo.

Armadura vieja y abollada: inicio en la Fe, aún sin una verdadera convicción, y quizás aun débil, pero con pasión y ganas de salir adelante.

Rocas y palos: primeras armas y combates en la Fe, cuando es más fácil caer y más difícil levantarse y mantenerse en pie.

El escudo: la Palabra de Dios.

La espada: la Oración, arma más poderosa contra el demonio.

Cinturón (y casco): una Fe fuerte y formada, muy difícil de derrumbar.

El príncipe: el Hijo (habría puesto Rey, pero habría sido menos realista)

Los musulmanes: los aliados del diablo, los pecados, que siempre intentan hacernos caer en su poder, en la desesperación. Su número indica la gravedad del pecado, cuanto más cerca alto llega el guerrero el desafío es mayor.

El dragón: el diablo, el desafío más grande, cuando uno superó todos los niveles para alcanzar la santidad es él mismo quien intenta hacernos caer con todas sus fuerzas.

Las batallas: la lucha constante contra la tentación, el diablo, el pecado, la desesperanza.

Las heridas: la culpa, que aunque sanada por Cristo, por la perseverancia, por el salir adelante, siempre queda la cicatriz para recordarnos la herida y hacernos mejorar en nuestra vida cristiana.

Las caídas: la desesperanza, la falta de Fe, las faltas, nuestro alejamiento de Buen Camino.

El caballero Andante
(Comentario)

La historia que he narrado trata ni más ni menos que de la vida ordinaria de cualquier.

Cristiano, de cualquiera de nosotros. Todos somos, en lo que se refiere a la Fe, caballeros andantes lanzados a la empresa de encontrar a Cristo en nuestras vidas y alcanzar la máxima recompensa que es la Salvación.

Cómo Cristianos, como el Caballero de la historia, somos las personas más ambiciosas, por que deseamos la más grande de las recompensas, la cual nunca alcanzaremos en esta vida, sino en la siguiente, luego de, valga la redundancia, una vida entera dedicada al buen combate[10].

Quizá, como humanos que somos, nos sentimos tentados muchas veces hacia los honores mundanos, riquezas, reconocimientos, ser saludados por la gente[11], o incluso las alabanzas de nuestro propio ego, es decir, no esperar loas de los demás, pero al final del día, como aquel fariseo que en el primer lugar del templo que se regocijaba declarando ante Dios toda su perfección, como si todos sus méritos valieran algo[12], nos engrandecemos en una estéril autocomplacencia que no hace más que hacernos perder el honor que, de otro modo, nos vendría de lo alto. El Señor nos exhorta a tener siempre presente que no somos sino simples servidores que no hemos hecho más que

---

[10] 2 Tim. 4: 7
[11] Mt. 26: 6 – 7.
[12] Lc. 18: 10 – 14.

cumplir con nuestro deber[13], pero no solo reconocerlo hacia afuera, hacia los demás, sino a convencernos a nosotros mismos que no somos más que gusanos[14], que nada podemos sin Cristo, y que no hemos hecho nada meritorio más que aquellos que debemos por Cristo.

Si esto es lo que ambicionamos, cosas terrenas y corruptibles, nos hemos quedado en el vacío, en la nada, por que nuestra recompensa, a la que debemos tender, es infinitamente más grande que eso. ¡Qué pobreza la de aquellos conformistas que se contentan con tan poco! Tan poco, pero que sin embargo, quizás nunca alcanzarán.

Más aun, el Evangelio nos previene de este peligro y nos habla de aquellos fariseos que hacen grandes ayunos y oraciones en las plazas, que deforman su rostro para que todos noten sus privaciones, nos dice que ya han recibido su recompensa[15], y nos exhorta a no imitarlos. No nos pide que no lo hagamos, que no hagamos ayunos, oraciones, obras de piedad y de misericordia, sino que lo hagamos en lo privado, y nuestro padre que ve en lo secreto, nos recompensará[16]. Esta es la ambición a la que aspira el Caballero Andante, ¿Y sus héroes?, los Apóstoles, los Santos, conocidos o anónimos, Patriarcas, Profetas de santa vida, etc.

---

[13] Lc. 17: 10.
[14] 1 Cor. 15: 8.
[15] Mt. 6: 16 – 18.
[16] Mt. 6: 16

El Caballero Andante es, entonces, como dijimos, el Cristiano común y corriente, que en algún momento de su vida, en su "adolescencia" espiritual, se lanza a la búsqueda de aventuras, la búsqueda de la Verdad.

Al comenzar su empresa en esta búsqueda de la Verdad, en esa adolescencia que puede ser a los 7, 15, 20, 50 años, sale a la marcha con "una vieja pechera abollada", y en compañía de dos amigos que nos acompañarán toda la vida.

Y ¿cuál es esa adolescencia?, como quedó dicho en el párrafo anterior, no se refiere a una edad física. Tampoco a un "tiempo" de la vida Cristiana si entendemos como tal "me convertí hace 13 años, ya soy adolescente", sino a un estado del alma, de la persona en su relación con Dios.

La vida en Cristo, en sí comienza con el Bautismo, y se suele entender la Confirmación como la "maduración espiritual"[17], pero tampoco estoy haciendo referencia a estos hechos, en este caso puntual, el inicio de la Vida, puede ser anterior, coincidente o muy posterior a ellos.

---

[17] Santo Tomás de Aquino, Summa Theologica, III, Q 73.

El nacimiento espiritual es aquel momento en que el hombre se encuentra cara a cara con Cristo[18], cuando recién descubre su Palabra y lo reconoce como su Amigo y Maestro, es ese primer encuentro personal con Cristo, cuando el sembrador esparce la semilla que queda en nuestros corazones[19], y esto no depende tanto de nosotros mismos (al igual que el nacimiento natural que depende de un hecho totalmente ajeno a nuestra voluntad) como de una gracia gratuita del Espíritu que despierta en nosotros ese deseo de conocerlo, lo que está sí en nosotros, es seguirlo o abandonarlo. De ahí que no hablo, tampoco, de infancia espiritual en el sentido que Cristo da cuando nos manda a ser como niños, sino cuando estamos débiles en la Fe.

Así, por ejemplo, podemos encontrar el nacimiento en un catecúmeno, tal el caso de André Frossard, que entrando a una capilla salió diciendo "me hice Católico Apostólico y Romano"[20], y aun no estaba bautizado, ni había recibido ningún tipo de Catequesis. Para él, hasta ese momento, el católico era una persona, con buenos ideales, que "ni pincha ni corta", un comunista, como él con otro fundador, pero nada más, ni lo amaba ni lo odiaba.

---

[18] "la fe cristiana no es ideología, sino encuentro personal con Cristi crucificado y resucitado" (Benedicto XVI: Homilía del 26 de mayo de 2016)

[19] Lc. 8: 4 – 15.

[20] Dios Existe; Yo me he encontrado con él.

También puede darse el nacimiento espiritual en una persona que, bautizada de niña, por Gracia del Señor, no pierde su camino. La sierva de Dios, Conchita Álvarez Icaza, nos cuenta de su primera visión mística de Cristo, cuando ella aun era una niña que iba en brazos de su madre[21], desde entonces, nunca dejó de amarlo. O por último, por que no, un hombre que, bautizado, nunca dio importancia a las cosas de Fe, nunca recibió una catequesis, nunca se preocupó por profundizar aquello que por Gracia le tocó, pero un día, de algún modo, recibe el Don de amar más e interesarse más por el Señor. Un buen ejemplo es San Ignacio de Loyola que, si bien Cristiano "común" diríamos impropiamente, luego de su lesión en la pierna a causa de un tiro de cañón, encontró a Cristo mediante la lectura de la vida de los Santos; y del mismo modo que el caballero del cuento, ambicionó, aunque imperfectamente, alcanzar la Gloria: "voy a hacer todo lo que ellos hicieron pero mejor"[22]. O el Mercedario, San Pedro Armengol, que luego de una vida de delincuencia, se enfrenta en el campo de batalla con su padre y, arrojando la espada, se entrega y solicita su ingreso al monasterio donde cultivó una vida de Santidad que lo llevo al martirio.

De ahí que, en unos vendrán inmediatamente los pájaros y les arrebatarán la semilla, ¡pobres de

---

[21] Autobiografía de la Sierva de Dios, María Angélica Álvarez Icaza. Glorificado en mi pequeñez.
[22] Autobiografía de San Ignacio de Loyola.

ellos! Pierden lo mejor de Él, estos nacieron pero murieron en el puerperio; otros la aceptarán con gusto, pero la semilla no echará raíz y se quemará. En otros casos, las ocupaciones y ambiciones mundanas ahogaran ese deseo. El gran premio requiere grandes sacrificios, las recompensas terrenas se logran con facilidad, y estas los harán olvidar la meta sublime. Todos estos quedaron en la infancia o aun menos, volvieron a ser recién nacidos sin voluntad[23].

Finalmente quedan aquellos en quienes la semilla ha echado raíces y que producirán el 30, el 60, el 100 por uno[24]. Estos son Caballeros Andantes.

Para no irnos por las ramas, en la infancia espiritual no tenemos claras las cosas, pero sabemos que queremos conocer más, amar más, y seguir más de cerca de Cristo, es decir, somos cualquiera de las 3 últimas semillas, pero solo llegarán a la adolescencia los que han caído en tierra fértil.

La adolescencia, es aquel momento en que ya ese "conocer" superficialmente es poco, la catequesis de iniciación, y la lectura superficial de la Palabra no alcanzan, y deseamos más, nos despierta, no solo la ambición de Cristo, sino del Cielo, y queremos hacer llegar a Cristo a toda la

---

[23] Mc. 4: 15 - 19
[24] Mc. 4: 20.

34

creación[25]. Queremos lazarnos de lleno a la empresa de caballeros andantes.

Esto no implica hacernos Sacerdotes o religiosos, entrar en un monasterio, fundar una comunidad, y morir en una hoguera gritando "todo por Cristo" y soportando alegremente el dolor... A algunos se les otorgará esa Gracia, pero Cristo encuentra para cada uno su modo de Santificación.

A unos les da la vocación al celibato en cualquiera de sus formas, a algunos a la predicación, otros a la vida profesional; otros en cambio son llamados a la vida conyugal, a través de una doble santificación, por un lado en su familia, viviendo santamente el matrimonio, y por otro su profesión. Cada uno debe explotar lo mejor posible sus talentos, pues de lo contrario, se nos quitará aun lo poco que tenemos[26].

Pero lo cierto es que es en la vida ordinaria, en el trabajo, en la familia, en el día a día, sea por el ministerio Sacerdotal (por que también pertenecen al mundo, no son ángeles sin sentimientos ni pasiones), sea por la vida conyugal, mediante la fidelidad, la procreación, la educación, sea por el trabajo profesional (o no) cumpliéndolo con diligencia, no estafando, ni murmurando[27], sirviendo a pobres DEL MISMO MODO que a

---

[25] Hec. 1: 8. Mt. 28: 19
[26] Mt. 25: 29
[27] Luc. 3: 13 – 14.

ricos, a marginados al igual que a importantes, sin hacer distinciones[28], sea mediante el cumplimiento de nuestros deberes cívicos o humanos, recibiendo al peregrino, confortando al enfermo, vistiendo al desnudo, visitando al preso[29], o lo más difícil, perdonando al que nos ofende[30], defendiendo a la Patria, cada uno según su estado.

El Rey exigirá a cada uno según los talentos que le ha dado y juzgará a cada quien según sus obras[31].

La vida espiritual no termina en la Iglesia (entendida por tal el Templo o la capilla u oratorio) o en un monasterio, la vida espiritual la llevamos inseparablemente unida a la vida terrena, por que es, también, terrena; un profesor mío, un par de veces, luego de regresar de algún retiro, me sentenciaba: "ahora es cuando comienza la verdadera batalla, allá cualquiera es santo, pero acá es donde hay que pelear, sabelo".

Ahora bien, el caballero, en su lucha no está solo, se vale de amigos, compañeros y ciertos elementos de que Cristo nos provee, para mejor cumplir nuestra misión en el mundo.

---

[28] Stgo. 2:1 – 9.
[29] Mt. 25: 34 - 40
[30] Mt. 18: 21 – 22. Lc. 6: 27 – 33.
[31] Ap. 20: 14

Esta armadura vieja y medio ruinosa representa el inicio en la Fe, aún sin una verdadera convicción, y quizás todavía débil, pero con pasión y ganas de salir adelante, en la que, cuando como catecúmenos (en este caso hablo de catecúmenos, no en el sentido técnico; como vimos, el catecúmeno, puede ser alguien bautizado), guiados por la admiración a los grandes santos, hombres que supieron encontrar y seguir a Dios, nos lanzamos a la lucha, aun "en la nada", sin saber con certeza, qué es o a donde nos llevará este camino.

Algunos, probablemente aquellos que caerán a mitad del camino, deciden hacerlo solos, sin un brazo o un bastón en el cual apoyarse; ir interpretando a su parecer y buen criterio las Escrituras y las obras de piedad. Algunos, por Gracia Divina progresarán, como San Benito; otros desfallecerán pues "la soledad no es buena compañera", y terminarán aun peor[32]; otros se erigirán en jueces y señores, quizás funden nuevas iglesias, apartadas del buen camino, con interpretaciones libres de las Sagradas Escrituras, perdiendo a muchos y juzgando a los demás. Deben recordar que al maestro se lo juzgará como maestro, con mayor severidad[33], y deberá dar cuenta aun por las almas de quienes ha perdido[34].

---

[32] Lc. 11: 25 - 26
[33] Sgto. 3:1.
[34] Ez.33: 7.

Otros, en cambio, irán con humildad a buscar un pastor, un guía, un director que les ayude a avanzar. Caminarán con una armadura abollada, pero fuerte y bien sostenida por un buen consejero y la concurrencia asidua a los Sacramentos y a la Santa Misa que los ayude a perseverar.

A nuestro lado están también estos dos amigos, Alfonso y Francisco, uno "desenfrenado, atolondrado, lanzado", que no calcula las consecuencias, imprudente, no es precisamente un buen ejemplo, y es, lo que en los dibujos animados sería el diablito a nuestra izquierda, que nos aconseja hacer las cosas de la manera incorrecta simulando ser nuestro amigo. De chico, cuando sentía una fuerte tentación o debilidad hacia alguna conducta que sabía que era incorrecta, tomaba imaginariamente a ese diablito en mi hombro izquierdo, lo hacía un bollo y lo arrojaba lejos, lo que me ayudaba a superar la tentación.

Francisco es la tentación, la principal aliada del Demonio, que nos lleva a desear y a conformarnos con cosas terrenas, perecederas, cosas que hoy están, pero mañana el ladrón hace un boquete y se las lleva, el óxido y la polilla la corroen[35]. Honores vanos e inútiles, que desaparecen de un momento a otro, por la inconstancia del espíritu del hombre. Todos esos son bienes indignos del Caballero Andante.

---

[35] Mt. 6: 19

Los grandes Santos supieron renegar de ellos y despreciarlos, al punto de exponerse públicamente al desprecio. San Francisco se enorgullecía cuando, pidiendo limosna, la gente lo despreciaba y lo echaba con las manos vacías por que era feo, petizo y mal vestido, según nos cuentan en las florecillas[36] y, probablemente, mal oliente. Pero nuestro compañero Francisco, es decir, la tentación, nos hace anhelar estos bienes inferiores en desprecio por el Superior. No le escuchemos. San Francisco nos enseña a reprenderlo con una pequeña oración: "cierra la boca o te la llevaré de estiércol"[37], y él huirá de nosotros.

Por el otro lado está Alfonso, la prudencia, nuestro Ángel de la Guarda, compañero fiel, que nunca nos abandona, aun cuando pareciera que no está ahí. Que siempre está listo para dar su vida por nosotros, que se interpondrá entre el enemigo y nosotros tantas veces como sea necesario, cómo se vio en el cuento.

Muchas veces lo apartamos de nuestro lado, tentados y seducidos por Francisco. Muchas veces por nuestra propia naturaleza caída, lo despreciamos, lo escupimos: ¿Quién es él para decirnos que hacer y reprendernos?, pero él, paciente, espera, y en el momento justo, salta del

---

[36] Florecillas de San Francisco de Asis.
[37] Florecillas de San Francisco de Asis.

árbol y nos tiende la mano para ayudarnos a levantar.

Será él quien intercederá por nosotros para conseguirnos el favor del Rey en los momentos más difíciles. A él debemos escucharlo sin miedo, por que ha sido enviado por Dios para acompañarnos, protegernos y aconsejarnos[38].

Si decía que ambos son amigos, no es al modo de que a ambos debemos tratarlos de la misma manera y escucharlos, sino en el sentido de que los dos estarán a nuestro lado toda la vida. Nunca superaremos realmente las tentaciones. Cristo mismo estuvo expuesto a ellas y las supero cada una a su tiempo. Mel Gibson, en su película "la Pasión de Cristo", siguiendo alguna tradición, ubica al demonio en el huerto de los olivos, intentando hacerle desistir, mientras un ángel, al que no vemos, pero que está, lo reconfortaba[39].

El P. Blas (O.S.S.T.) me reprendió una vez en el confesionario "Cristo sufrió tentaciones, ¿Querés ser vos más que Cristo?". En realidad no había entendido lo que le estaba diciendo, pero al margen de eso, la tentación nunca nos abandona, y mas aun, a veces nos aconseja mediante el uso de cosas buenas y lícitas - porque todo lo que hizo Dios es bueno[40] -, para lograr fines malos y perniciosos.

---

[38] Ex. 23: 20 – 23
[39] Lc. 22: 43
[40] Gn 1; 31, Hec. 10: 15.

El dinero es algo bueno y necesario[41], el deseo de dinero es algo lícito, en tanto y en cuanto ese dinero sea para satisfacer nuestras necesidades naturales, primarias[42] y no para la acumulación desenfrenada, sobornos, y otros fines ilegítimos. Este personaje nos dirá "el dinero es bueno, se prudente, guardalo, acumulalo, no lo des a nadie[43]" "¿vas a ayudar a ese?, que vaya a trabajar, tu dinero es tuyo y haces con él lo que quieras, guardalo, si no trabaja es por que no quiere, y es su problema, no tuyo". Como vemos, un uso normal y racional del dinero es bueno y necesario, la acumulación produce desigualdad e injusticia.

O por el contrario, la liberalidad es una gran virtud, ayudar a desvalido, ser desprendido de los vienes terrenos, pero si esta liberalidad nos lleva a la prodigalidad, esto es, a un uso desmedido y perjudicial que termina llevándonos a la acumulación de deudas, a una administración ruinosa, y hasta la indigencia, esto ya no es obra del Espíritu, sino del Demonio.

Es en ese sentido en que lo identifico, no tanto como un amigo, sino como un compañero, hipócrita y traidor, un lobo con piel de cordero, que, mediante malos consejos, buenos en apariencia, nos incita al vicio, y nos extiende la

---

[41] Lc. 8: 3.
[42] 2 Tes. 10 - 12
[43] Lc. 12: 18 – 19.

mano cuando estamos caídos, pero no para salvarnos, sino para ceder a la desesperación y a la tentación.

¿Cual es la diferencia entre Pedro y Judas?, pedro tomó la mano del Ángel de la Guarda que le dijo "andá y pedile perdón, el Maestro te va a perdonar"[44], Judas tomó la mano de Francisco – la tentación – que decía "está todo perdido, pero si Dios te desprecia, mi Amo, el Demonio te aceptará a su lado[45]".

¿Cuál es la diferencia entre Dimas y Gestas? Uno, aconsejado por el Ángel, aun cuando no estaba bautizado, dijo, "Jesús, acuérdate de mi cuando estés en tu reino"[46], el otro, aconsejado por la tentación que le decía "ponelo a prueba, si es quien dice, te va a salvar" dijo "si en verdad eres hijo de Dios, Sálvame"[47], ¿Cuál es la diferencia?, un simple condicional "si eres hijo de Dios", a uno lo dejó Cristo junto con los demás, aunque lo incluyó en su oración, la misma que hace eternamente por el mundo "Padre, perdónalo, no sabe lo que hace[48]", al otro, le aseveró con total certeza "yo te aseguro, esta noche estarás conmigo en el paraíso[49]".

---

[44] Jn 21: 15 - 17
[45] Mt. 27: 3 – 5. Hec. 1: 18
[46] Lc. 23: 42.
[47] Lc. 23: 39.
[48] Lc. 23: 34.
[49] Lc. 23: 43.

La diferencia entre el consejo de Francisco y de Alfonso es sutil, pero clara, uno nos aconseja para la perdición, el otro para la Salvación. Cuando Francisco nos extiende la mano, debemos arrojarla de nosotros con todo lo que nos queda de fuerza, aunque eso nos valga la muerte del cuerpo, y no escatimar en lágrimas, en cambio, para pedir al Señor lo que necesitamos, aunque sea la fuerza para aceptar valientemente la muerte. Cuando nuestro ángel nos extiende la mano, debemos tomarla con fuerza y rogarle insistentemente que no se aparte de nuestro lado, y agradecerle con respeto y regalos (regalos espirituales, oraciones, obras de piedad, una vida Santa), su compañía.

Los musulmanes, por su parte, representan a los aliados del diablo, los pecados, que siempre intentan hacernos caer en su poder, en la desesperación. Su número indica la gravedad del pecado, cuanto más alto llega el guerrero el desafío es mayor. Al principio, basta nuestra propia concupiscencia para hacernos caer, para dejarnos emboscar. Nos ponemos en ocasión de pecado, yendo a buscar el combate, como si fuéramos capaces de enfrentarnos a cualquier enemigo que se nos presente; es aquí donde los tres jóvenes caballeros van defendiendo peregrinos[50], los que podrían representar simplemente excusas para salir al combate, y somos heridos, hasta casi perder la

---

[50] Si bien, en si, como vimos, uno es el caballero, los otros no necesitan ni progresar ni caer en su Fe.

vida, es decir, dejar la Fe, dejarnos caer, cansar, por las situaciones diarias del mundo.

No hace falta diablo que nos tiente, por ello, somos nosotros nuestro peor y único enemigo. Quizás, llenos de un Santo celo, queremos ir a anunciar la Buena Noticia que hemos conocido a todo el mundo, confiando en nuestras inútiles fuerzas, como aquel Satanista que habiendo conocido a la Virgen en Medjugore quiso ir a convertir a sus antiguos compañeros de culto, y no solo volvió al antiguo camino, sino que, además, fue hecho líder, y regresó para matar a los videntes. Pero Nuestra señora, compadeciéndose de él, ablandó su corazón, turbó sus planes y le dio una segunda oportunidad[51].

En este primer tiempo es cuando luchamos con palos y piedras, primeras armas y combates en la Fe, cuando es más fácil caer y más difícil levantarse y mantenerse en pie. Es aquí, como dije anteriormente, cuando es más importante confiar en un buen consejero e ir siempre de la mano de nuestro Ángel de la Guarda. Si nos soltamos, en seguida caeremos en las redes del demonio y perderemos el sentido.

En este primer momento Francisco no se preocupa por atacar al caballero. Ésta es la etapa más difícil. Acabamos de conocer a Cristo, por alguna historia, por haber leído la Biblia, por un

---

[51] Medjugore, el triunfo del corazón. Sor Faustina.

retiro, y queremos seguirlo más que a nadie y más que nada, pero las mismas dificultades de la vida nos hacen desesperanzar y alejarnos de Él. Al modo de la tercer clase de semilla.

Francisco nos alentará en usar el dinero, es decir, nuestro progreso y nuestro aprendizaje, en cosas mundanas sin sentido. En lugar de alimentarnos y comprar mejores armas y defensas, es decir, en lugar de fortalecernos en la lectura de la Palabra, la Eucaristía, la oración y los Sacramentos, dando culto a Dios y reconociendo que nada podemos sin él; Francisco nos llama a ensoberbecernos "mirá lo que lograste, todo esto es mérito tuyo, hiciste esto o aquello, superaste tal o cual prueba, no sos como los demás hombres, pecadores, inmundos, ayunás dos veces por semana y das el diez por ciento de tus ingresos"[52], si lo escuchamos, no pasara mucho antes de que perdamos el equilibrio y seamos derrotados y masacrados por las tropas enemigas.

Aquí es donde entra en juego Alfonso, nuestro amigo, y debemos tener el discernimiento de saber a quien escuchar: a Alfonso.

Todo esto, esta búsqueda, esta incertidumbre, está representada por la juventud, que es la inseguridad y la búsqueda de la Fe, sin saber exactamente que es.

---

[52] Lc. 18: 11

Pronto, las batallas tienen su recompensa, y con la paga de aquellos a quienes ayudamos, es decir, con las oraciones de nuestros seres queridos, y los Santos anónimos de la Iglesia que rezan por nosotros día a día, llegamos a comprar una mejor armadura, y un escudo.

Aceptamos al Espíritu Santo en nosotros, que es nuestra Armadura protectora, y un escudo, la Palabra, la lectura diaria de la Biblia, con ello nuestros combates serán más sencillos, pero también más importantes. Ya no será la concupiscencia nuestro único enemigo, sino que la tentación viene a buscarnos. Satanás sabe que nos acercamos al Señor y querrá alejarnos, pero ahora tenemos algo firme que nos protege, una armadura cómoda y un escudo.

El Demonio es impotente contra aquellos que llevan una verdadera vida en Cristo[53], pues ellos son templos del Espíritu Santo[54], y ¿que puede hacer un ángel caído contra Dios en persona?, si el mismo San Miguel arcángel evitó mayores problemas al pelear contra él y sólo le mando que Dios lo reprima[55]. Pero no debemos dejarnos estar, es decir, quitarnos la armadura que con tanto esfuerzo hemos conseguido, por pesada que sea, si así lo hacemos, nos convertimos en presas fáciles de alguien que es mucho más zagas que nosotros.

---

[53] Stgo. 4: 7. 1Jn 2: 14.
[54] 1 Cor 6: 19.
[55] Jds. 9.

Logra con sus artimañas, convencernos de quitarnos la armadura, descansar del peso de la vida Cristiana, aparentemente intolerable, pero que a la larga es la carga más liviana[56], nos convence de entrar por la puerta ancha y cómoda[57], y es entonces que nos tendrá a su merced, no solo débiles por el cansancio, sino además, descubiertos.

Cristo, a su vez, nos previene del pecado contra el espíritu, actitud que también implica quitarse la Armadura que es toda la Gracia de Dios sobre nosotros, el poder del señor que nos cubre con su sombra[58] y nos protege del enemigo, pero si blasfemamos contra Él, si lo injuriamos, si lo rechazamos abiertamente, Cristo mismo nos advierte que ya no podremos volver a ponérnosla[59].

El escudo, es la Palabra de Dios; la lectura diaria y la meditación de los misterios de la Encarnación y las enseñanzas de Cristo, son la mejor defensa contra los ataques de las fuerzas de la oscuridad.

¿Quien podría tentarnos si tenemos bien presente las consecuencias de seguir a Cristo y las consecuencias de seguir al Demonio?[60], ¿Qué tentación lo suficientemente grande, si meditamos

---

[56] Mt. 11: 28 – 30.
[57] Mt. 17: 13.
[58] Is. 49: 2
[59] Mc 3: 28 – 30.
[60] Rm. 3: 23.

los 40 días y las tentaciones de Cristo en el desierto y que, tras esos 40 días sin comida - medida de tiempo que la medicina moderna considera factible - no aceptó un simple pedazo de pan?[61] ¿Cómo podríamos desesperar, pensando en los sufrimientos de Cristo en el calvario, cuando sudó Sangre[62], fenómeno que la medicina de hoy explica que se debió a un dolor tan intenso que le produjo una rotura de los vasos sanguíneos, y otros fenómenos médicos que, hoy sabemos, son fruto de terribles sufrimientos?[63]

Al mirar a Cristo camino a la Cruz, ¿Podemos acaso temer al dolor y huir de insulsos sufrimientos[64]?, al ver a María que contempla todo lo que su hijo inocente padece, aquel en quien no hubo maldad ni engaño[65], ¿tenemos aun el coraje de acongojarnos por la muerte de un ser querido y maldecir al Señor?, y viendo, finalmente, a Cristo en la cruz, perdonando a sus perseguidores[66], ¿Con que cara cederemos a la tentación del odio y el rencor y nos negamos a perdonar a quienes nos ofenden?, si Cristo - Dios, que es el único con poder y con autoridad moral y real para condenar,

---

[61] Mt. 4: 3 – 4.
[62] Lc. 22: 44.
[63] ¡Qué grande hubo de ser su angustia que un ángel tuvo que venir del cielo para darle ánimo! – Santo Tomás Moro. Agonía de Cristo.
[64] Rom 8: 33; 35.
[65] Is. 53: 9.
[66] Lc. 23: 34.

perdona, ¿con que cara podemos nosotros actuar de otro modo?

De esta manera, la lectura meditada de la Biblia nos sirve de freno, de escudo, no, de pared impenetrable, contra las insidias del enemigo. Pero del mismo modo que la armadura, y que la espada, no debemos soltar jamás el escudo. Si bien este lo podemos volver a tomar, debemos ser muy cuidadosos y tenerlo siempre a nuestro lado.

El demonio podrá tirarnos del caballo, pero una mano debe estar siempre aferrada al escudo, que es lo que nos permitirá avanzar en nuestro camino.

Un día, Cristo se hace realmente presente. No es que no lo estuviera, después de todo es el "Príncipe de nuestro reino" en la historia, el Rey. Quise simbolizarlo como el Príncipe, teniendo en cuenta al Padre como el Rey, pero y por eso, me referiré a Él indistintamente como Príncipe o Rey. Él gobierna todo, después de todo, es Su territorio, y está cerca cuando menos lo esperamos[67], como en aquella historia, en la que un hombre caminaba por la arena hablando con Jesús, y al mirar atrás, ve que de a momentos había cuatro huellas (2 pares) y en otros, que coincidían con los momentos más difíciles de su vida, solo 2, entonces reprende a Jesús diciendo "¿Por qué en los momentos más difíciles me dejaste solo?", pero Él lo mira con

---

[67] Mt. 4: 38 – 40.

cariño y le responde, "esos son los momentos en que vos desfallecías y yo te tomaba en brazos y te cargaba"[68].

Quizás no lo vemos, pero como buen gobernante, está presente y al tanto de todo lo que pasa en su reino, y se aparece ante nosotros, cuando y como menos lo imaginamos, no se deja reconocer, pasa como un peregrino, camino a su tierra, como un desamparado, quizás, pero nos ayuda, nos consuela, y en el momento preciso, abre nuestros ojos para que lo veamos[69].

Cuando se apareció a los caballeros, estos no supieron que era su príncipe[70], pero él tampoco se quedó sentado esperando, ni escapó mientras los suyos peleaban por él, sino que, como buen pastor que da su vida por su rebaño[71], los ayudó, y ordenó a sus guardias pelear a su lado. Nótese que fue la lucha más grande, 30 a 8 (7 más el príncipe), y aun así ganaron.

Quizás, como a los peregrinos a Emaús, hace ademán de seguir adelante, para que nosotros le digamos "quedate con nosotros, que es tarde"[72], pasa como un peregrino para que nosotros nos preocupemos por él y le ofrezcamos nuestro

---

[68] Lc. 15: 4 – 5.
[69] Lc. 24: 14 – 16, 25 – 27.
[70] Lc. 24: 14 – 16.
[71] Jn. 18: 8 – 9.
[72] Lc. 24: 28 – 29.

servicio, pero es Él quien viene a buscarnos para ayudarnos y ofrecernos lo mejor.

La guardia, a su vez, puede representar a otros Cristianos que, presentes o ausentes luchan por nosotros. Algunos caen, otros resisten, pero nunca estamos solo, ellos nos ayudan, y cuentan con nuestra ayuda. No representan a los Ángeles, pues estos ya no caen.

Cuando Cristo se hace presente y lo reconocemos, lo conocemos en profundidad, en la intimidad del amigo[73] y en la humildad del siervo ante su Señor[74] que, en confianza, le revela los secretos de Su Corazón[75].

También Su Madre, María, está tácitamente presente en la historia, pues dónde hay un Rey y un Príncipe, debe haber, por necesidad, una Reina que, además, aconseja e intercede silenciosamente por nosotros[76]. Esa es María, quien no puede faltar en la vida del Cristiano.

La espada es la Oración, el arma más poderosa contra el Demonio, y que nos ayuda a llegar a Él, que nos da la fuerza para rezar y escucha nuestras plegarias.

---

[73] Jn. 15: 15.
[74] Lc. 1: 38.
[75] Sal 7: 10.
[76] Jn. 2: 1 – 11.

Si la Palabra es un escudo, quedarnos simplemente en eso, puede llevar a que se vuelva en contra nuestra. Incluso los Padres de la Iglesia, en ocasiones terminaron perdiendo el camino. El hastío, el cansancio, interpretaciones desviadas... Ya los grandes Santos, sobre todo en la Edad Media, se revelaban contra una lectura superficial y despreocupada de la Biblia. Ahora, una vez aferrados a Cristo en su revelación, debemos dirigirnos a él con plegarias surgidas del corazón, suplicando que no nos falte su ayuda.

Cuando a pesar de la protección del escudo somos arrojados al suelo, la oración, desde la más sencilla jaculatoria, hace retroceder aterrado a Satanás.

Vimos como el Caballero se debilitaba enormemente al soltar su espada. Ante el ataque del Dragón cayó de su caballo, quizás consumido por las ocupaciones diarias. Su escudo, apenas había podido sostenerlo, es decir, quizás tomaba su Biblia, o devocionario, y cada noche leía algún pasaje perdidamente, y lo único que lo mantenía protegido era la Gracia del Espíritu, su armadura, que no pudo ser dañada, por que Dios tiene presentes a sus hijos en los peores momentos. Pero hay que tener presente que fue, recién cuando logró aferrarse a la Espada, o dicho de otro modo, cuando volvió a encontrar un tiempo para implorar el auxilio divino y rezar concientemente, cuando de un árbol saltó su Ángel de la Guarda quien, aferrado a Satanás, no le permitió moverse, sino que lo hizo huir desconsolado.

Es Cristo quien nos da la espada, esto es, el deseo de acercarnos a Su Divina presencia por medio de la oración, y nos acompaña, pero también nos llama a pelear en el mundo, a evangelizar, a reconocernos Cristianos: no se enciende una lámpara para ocultarla bajo la cama, sino que se pone en un lugar donde ilumine[77]. Ya no luchamos con rocas y palos, que son las primeras armas, más que la oración una voluntad firme de aceptar a nuestro Señor, una afición, sino que ahora llegamos a tener un arma realmente cortante contra el enemigo, la oración bien sentida y bien hecha. Pero debemos tener en cuenta, quién es el que en definitiva nos arma y nos da lo necesario para vencer, el mismo a quien servimos.

El Príncipe entonces nos llama a su ejército, a sus filas, nos manda a evangelizar en medio de un mundo hostil, lleno de pruebas, de tentaciones, cada uno según su estado, en medio de los musulmanes, que ahora nos tientan a alejarnos de nuestro Señor, con grandes promesas y facilidades.[78]

Este llamado no es algo que suceda en un momento determinado, como en el cuento. El Señor está continuamente llamándonos a servir en

---

[77] Lc. 8:16
[78] Mt. 10: 16.

su ejército, Él es el Sumo y Eterno Capitán[79], y en ningún momento nos oculta lo que nos espera. San Ignacio nos representa la imagen de un Rey de Reyes, bondadoso, que nos promete grandes recompensas, pero nos advierte que, por su causa, deberemos pasar hambre, privaciones, dolores, traiciones, pero al final, tenemos asegurada la victoria: el que resista hasta el final se salvará[80].

Una vez hecho este compromiso personal con nuestro Príncipe, nuestro juramento, postrados a sus pies, y nombrados "caballeros del Rey", las batallas, esto es, la lucha constante contra la tentación, el diablo, el pecado, la desesperanza, será mucho mayor, no hay duda, y más ardua, pero quien se refugia en Él, ya salió victorioso[81]. Ya no se trata de nuestra infancia o adolescencia, en la que nosotros somos el primer enemigo, en que confiados en nuestras fuerzas, nos ponemos constantemente en ocasión de pecado; Cristianos tibios, que creen que seguir a Cristo es llevar una Cruz colgada o conformarse con ir a misa superficialmente una vez a la semana o al año; ya no somos jóvenes adolescentes que no miden las consecuencias, y que con una armadura débil e incómoda, se lanzan a la lucha, sin medir sus fuerzas[82], ahora somos hombres, en todo el sentido de la palabra. Con mucho que recorrer quizás, sí,

---

[79] San Ignacio de Loyola.
[80] E. E. 2da semana, 91 – 93.
[81] 1Jn 2: 14.
[82] Lc. 38: 21.

pero experimentados caballeros que cuentan con el favor real y con una compañía fuerte que nos secunda.

Ahora el demonio no se conforma con sutiles tentaciones, ya hemos superado la debilidad de la carne, y es la hora del mundo que se levanta contra nosotros. La corrupción, la sensualidad, el "todos lo hacen", los malos consejos y malas compañías, a las que, además, no podemos dejar de lado, sino que el Rey nos llama a llevarlas a Su lado, a la conversión.

Nuestro antiguo "amigo", por su parte, se quita la máscara, ya imposibilitado de esconderse y muestra a que bando pertenece. Como se dice al final, nos buscará en momentos de debilidad mostrándonos las "ventajas", las facilidades de pertenecer al ejército del enemigo.

San Ignacio, nos representa así, al segundo de los Reyes, que nos promete una vida cómoda, muchos honores, facilidades, bebida, vicios, muchas ganancias con pocos trabajos[83], pero habría que ser un verdadero imbécil para suponer que algo llega de la nada, y que estar rascándose la panza hinchada por el vino y la comida, nos va a merecer alguna recompensa. Nos promete el mundo, pero nos llama a entrar a su Reino por la puerta ancha, que lleva a la perdición[84].

---

[83] E. E. 2da semana. 142.
[84] Mt. 17: 13.

No mortificaciones, no continencia, no prudencia ni sobriedad, sino una vida "fácil" en los vicios accediendo a nuestros más bajos y vulgares deseos desordenados, todo esto nos lo manda a presentar en bandeja de plata por aquel en quien una vez confiamos, la tentación, el mundo; pero siempre contamos con nuestro amigo fiel que nos acompaña y se interpone entre el golpe y nosotros.

Cuando Francisco se acerca en la desolación, en las caídas, ante la muerte de un ser querido, aun sabiendo que la muerte es un gran bien para el alma bienaventurada, ante las dolorosas enfermedades, aunque pueden ser perfectas ocasiones de santificación, ante los deseos carnales, la sensualidad, la codicia de grandes puestos en desmedro de quienes realmente lo merecen, la envidia, etc., nos plantea todo lo que podríamos ganar si solo nos entregáramos al enemigo, que lo único que debemos hacer a cambio de su favor, es revelar los planes de nuestro príncipe, y recibiremos vastas extensiones de tierra[85]. Es decir, debemos entregar a nuestros hermanos, hacer caer a los que confían en nosotros, escandalizar con nuestra vida y desviar la suya, y el infierno será completamente nuestro.

Pero Alfonso está cerca, y cuando la espada de la iniquidad cae sobre nuestra cabeza, se cruza en el campo de batalla, derribando al enemigo

---

[85] Mt. 4: 8 – 9.

oculto tras la apariencia de bondad dejándolo inconciente e impotente en el suelo, y nos extiende la mano para levantarnos y no caer, y entregar asi a nuestros prisioneros al Eterno Señor, es decir, a llevar a los conversos a Cristo, que no dejará de reconocer nuestro trabajo[86].

Las ofertas de los musulmanes no necesariamente se refieren a abrazar el Ateísmo o el Paganismo, las tentaciones de los demonios pueden ser de diversa índole, como referimos anteriormente, estas tentaciones pueden ser, por ejemplo, a una lectura errónea de la Palabra que, por ser más sutiles, son más peligrosas.

Las mejores armas, escudos, armaduras, y sobre todo el cinturón y el casco, son una Fe fuerte y formada, que nos ayuda a pelear con más destreza. El caballo representa la perfección de la Fe. La caballería, que si bien siempre fue detrás de la infantería, era tenida como el recurso más fuerte y más valioso.

Tener un buen caballo fue siempre un gran signo. Aun hoy se usan para aumentar la capacidad ofensiva de las fuerzas de seguridad; históricamente eran un gran regalo para los señores y Su Majestad, aquí es la perfección de la Fe. No en sentido de la bienaventuranza, que alcanzaremos recién en presencia de nuestro Señor, sino una Fe fuerte e inconmovible, aunque aun podemos caer; y

---

[86] Stgo. 5: 19 – 20.

como la corrupción de lo mejor se convierte en lo peor, la caída es a menudo mucho más grave[87]. El caballo cae sobre nosotros, dejándonos débiles y aturdidos, y es más difícil y necesario volver a montar, pero debemos hacerlo.

Y no pasa mucho tiempo hasta que se nos envíe a pelear contra el Dragón. Muchas veces se habla, y es el esquema que he seguido, de como 3 grados en la vida Cristiana, o enemigos del Caballero Andante: La carne, el mundo, y el Diablo[88]. El primero lo vimos cuando hablamos de los inicios del Caballero Andante, en que este es su propio enemigo; el segundo es el que está terminando, representado por Francisco, que sería un intermedio, y los musulmanes, es decir, la tentación del mundo; finalmente el tercero, está representado por el Gran Dragón, que desde antiguo representa a Satanás, la antigua Serpiente, el Diablo[89].

Ha llegado un momento, en que las fuerzas del mundo y de la carne son poca cosa, y el Señor da licencia al Enemigo para luchar contra su campeón[90]. Y el Diablo mismo, conciente de nuestra Fortaleza, de nuestra Fe, de que hemos logrado vencer los obstáculos que nos envía, viene a entrometerse, a atacarnos, y logra muchas veces

---

[87] Corruptio optimi pesima.
[88] Manual del Caballero Crisiano. Erásmo de Roterdam.
[89] Ap. 12: 9.
[90] Job 1: 11 – 12.

derribarnos del Caballo, que es nuestra Fortaleza, nuestra esperanza contra las caídas que son, justamente, y como vimos la desesperanza.

Según dicen los entendidos, hay 2 momentos en que el Diablo va personalmente a encontrarse con sus víctimas: la primera es a aquellos que viven de por si en pecado, entregados, no solo a los vicios comunes, sino incluso a la superstición, la hechicería en todas sus formas, adivinación, necromancia[91], espiritismo, tarot, etc. a estos el Demonio los encuentra por que es llamado directamente por estas prácticas. Me contaban hace poco una anécdota, sobre un poseso que estaba siendo exorcizado cuando el exorcista recibe un llamado, era el Padre Pío, que le pregunta "¿Ud. está exorcizando a fulanito?", "sí" responde el Sacerdote, y el Santo le dice "no se gaste, ese hombre está contento como está, el demonio no va a salir".

Es decir, esta gente llama intencionalmente a Satanás y, a menudo, llora cuando le atienden el teléfono. De ahí el dicho de San Agustín, que el Diablo es como un perro atado, no muerde a quien no se acerca.

Del otro lado, encontramos a los Santos, quienes han alcanzado el favor a los ojos del Señor. Entonces el Diablo solicita permiso para meterse con él y con sus cosas[92], pero el Padre, sabiendo

---

[91] Comunicación con los muertos, Mediums, etc.

que no podrá hacerlo caer, y sin soltar nunca de la mano a su campeón, autoriza esta sublime prueba.

Casos concretos de estos ataques son el Santo cura de Ars, y el Padre Pío, que a veces sufrían incluso lesiones físicas a causa de las agresiones. Voces, fenómenos sobrenaturales, etc. Pero sin irnos a estos extremos, ya que no es mi intención disuadir a nadie de alcanzar la Santidad, no olvidemos que Dios no permite más de lo que somos capaces de soportar para que no se pierda ni uno de los suyos[93]. Basta que el demonio meta la cola con pruebas más fuertes o tentaciones más irresistibles. No olvidemos que fue luego de 40 días de estar siendo probado y tentado Jesús, que se presentó el demonio y, viéndolo débil y hambriento, pero fuerte en su Espíritu, le ofreció primero Pan, luego lo tentó en la soberbia "si realmente eres hijo de Dios", y finalmente con el mundo[94]. Los primeros Cristianos solían ponerse a prueba de este modo, mediante largos períodos en el desierto.

No debemos creer, sin embargo, que estos niveles o modos de tentación, son algo lineal y constante, cabe considerar, como lo haremos luego, que continuamente estamos pasando de la debilidad a la fortaleza, a la tibieza, a la debilidad, cayendo, levantándonos, recuperándonos, mejorando…

---

[92] E. E. 2da semana 142.
[93] Mt. 18: 14 y 24: 21 – 22.
[94] Mt. 4: 2 – 11.

60

Todas estas caídas en nuestra lucha, es decir, la desesperanza, la falta de Fe, las faltas, nuestro alejamiento de Buen Camino, producen en nosotros heridas, que son la culpa y que, aunque sanada por Cristo, por la perseverancia, por el salir adelante, siempre dejan una cicatriz para recordarnos la herida y hacernos mejorar en nuestra vida cristiana. Nos recuerdan nuestros errores y nos ayudan a no volver a caer, a no cometer las mismas faltas dos veces, o al menos, a estar advertidos para buscar un camino más seguro, aunque a veces seamos emboscados de sorpresa por nuestros enemigos, y crecer así cada vez más.

Cuantas veces, en efecto, nos vemos frente a frente con una situación inesperada que, por la sorpresa, nos hace caer, pero mirar las cicatrices del pasado, nos ayuda a estar prevenidos, y confiar en la Eterna Misericordia del Médico que, con su Sangre, lava nuestras llagas.

Nuevamente, y para concluir, no se debe creer que la vida Cristiana, el progreso y el crecimiento espiritual, son algo lineal, a los 7 años nací, a los 20 llegué a la adolescencia, y a los 40 soy perfecto e inconmovible; el caballero Andante termina su relato diciéndonos "tengo miles de historias que contar, otras miles de batallas, contra el dragón (el Diablo), contra los musulmanes (el mundo), contra Francisco (la carne), y no dudo que muchas de ellas pueden llegar a ser mucho más interesantes … historias de grandes y no tan grandes victorias, de <u>batallas perdidas pero guerras ganadas</u>, de traiciones y de compañerismo", es decir, no hay un nacimiento, una madurez, una perfección, más que para los bienaventurados; la vida del Caballero Andante está plagada de caídas y de nuevos comienzos, pero son la mano de nuestro Amigo y nuestras cicatrices las que nos ayudan a salir adelante.

Bien podría pasar, y sucede, que un catecúmeno, que hace dos días escuchó hablar por primera vez de Cristo, enamorado de Él, sin estar bautizado, dé su vida por la Iglesia, a cambio de un Cristiano reconocido abiertamente, con una larga carrera y labor apologética, y por que no, hasta con un cargo episcopal que, temeroso del Juicio de Dios no es capaz de aceptar la muerte. El primero, ha llegado en dos días a la plenitud de la Fe, el segundo, aun está en pañales.

Continuamente renacemos en Cristo, continuamente caemos. En varias ocasiones debemos enfrentarnos a aquella fiera y legendaria bestia que viene a atacarnos, y debemos volver a subir al caballo, cosa muy difícil mientras uno está adolorido, y que, a menudo, requiere un largo proceso de rehabilitación.

Lo fundamental es no dejarnos estar. Si caemos, inmediatamente debemos tomar la espada, y la mano de nuestro Ángel custodio y Amigo del alma y arremeter aun con más fuerza, ya que estamos más débiles. Las cicatrices nos fortalecen y nos reaniman, la Sangre del Cordero, que se derramo por nosotros nos resucita, y el aceite y la medicina que nos proporciona es Agua Viva que nos Saciará definitivamente en la Fe.

No es una carrera en la que al comenzar, con las piernas frías cuesta, luego a mitad de camino debemos saltar obstáculos, pero tenemos más agilidad, y al final estamos más veloces que Aquiles. Suponer esto traería un gran peligro, ya presente en las primeras comunidades Cristianas.

Por un lado el riesgo de la desilusión, creer que estamos progresando: "buenísimo, ya llegué al segundo nivel, soy invencible", pero al caer perdemos las fuerzas para levantarnos, y desistimos de esta heroica empresa "con la cola entre las patas".

Por el otro, aquella tentación a la que se vieron sometidos los gnósticos de los primeros siglos del Cristianismo, para quienes los Católicos éramos el vulgo, idiotas que debían esforzarse por la Salvación y someterse a privaciones, mientras ellos, perfectos, y que habían recibido una revelación especial, eran incorruptibles, pero en todo sentido de la palabra. Para ellos nada era impuro, y así, vivían sumergidos en los vicios, en la lujuria, la gula, la avaricia, la apostasía, total, nada los corrompía, pero según nos cuenta San Irineo, eran pocos los que, a la hora del martirio, tenían el valor de enfrentar la muerte, mientras los Católicos iban con la frente en alto a su encuentro con el verdugo.[95]

Nosotros, por lo pronto, como verdaderos Caballeros Andantes, debemos seguir nuestra lucha, hasta que podamos decir con el Apóstol, ya en la presencia del Rey, en su Supremo Tribunal, que hemos peleado exitosamente el buen combate[96], y solo entonces se nos darán tierras, y reinos, y nos sentaremos en la Corte para juzgar a las naciones[97].

Mientras tanto, solo me pondré mi armadura, mi casco, me ceñiré el cinturón, tomaré mi escudo, mi espada y mi caballo, e iré en busca de mi viejo Amigo, para recorrer mi tierra en busca de nuevas aventuras, que nunca faltarán en la vida de un Caballero Andante.

Fin.

---

[95] Contra los Herejes. San Yrineo de Lyon.
[96] 2 Tim 4: 7 – 8.
[97] Mt. 19: 28. 1 Cor. 6: 2.

Supplementum

Don Quixote Vs. Lazarillo de Tormes.

Hubo dos libros de los que tuve oportunidad de leer, que me llamaron especialmente la atención, sobre todo por su antagonismo.

El primero de ellos el "El Ingenioso Hidalgo Don Quixote de la Mancha", escrito hacia 1600 por Don Miguel de Cervantes Saavedra, del estilo barroco. Cervantes fue apresado por los turcos y sometido a la esclavitud, intentó infructuosamente de escapar varias veces, pero para evitar las represalias contra sus compañeros prefirió sufrir la tortura y hacerse cargo de sus acciones. Fue finalmente liberado por la orden de la Santísima Trinidad. Cristiano, su libro refleja el verdadero ideal de vida Cristiana.

Don Quixote es un hidalgo (Hijo de algo) con apellido, pero sin fortuna, que un día, enloquecido por las novelas de caballería, se pone la armadura de su bisabuelo y se lanza a la empresa de Caballero Andante, en un mundo en que dicho oficio ya no existe.

¿Cuántas veces oí de boca de mi madre "un día te vas a chocar contra la realidad", "el mundo no es así"?. Tratan de hacerme ver un mundo corrupto, inmundo, relativista, e intentan que lo "acepte", que me "adapte" a ese mundo, pero ¿no dice Cristo que el paraíso es de quienes son como niños (Mt. 16, 14)?, ¿por qué no pueden aceptar que vea un mundo inflamado de bondad y de la Gracia de Dios, desde los ojos inocentes de un niño? Y eso es exactamente lo que expresa Cervantes en el Quixote.

Don Quixote se ve en un mundo maravilloso, de ideales. Monta su caballo Rocinante, se encomienda a su amor, Dulcinea, y arremete contra los gigantes, y sí, se golpea contra la realidad y rompe su lanza, pero se quita el polvo, arregla el mango de la lanza, y vuelve a cabalgar, y así una y mil veces.
Cuenta la historia, que don Quixote subió a un caballo volador, y recorrió el cosmos, rodeado de criaturas fantásticas, el viento en su rostro... estaba sentado en un tronco, con los ojos vendados, y una antorcha a su lado... se negaba a ver la realidad. Al final, despertó ese interés en el corazón de los demás, que querían imitarlo y vencerlo en su misma realidad, como sucedió con el caballero de la blanca luna[98].

En alguna ocasión dice Don Quixote a Sancho Panza que no todos los Caballeros tuvieron realmente una mujer. Podemos decir que, en el fondo, él sabía la verdad, pero elige vivir, no en un mundo de ilusión, sino de inocencia, decide vivir

---

[98] A decir verdad, al principio, la misión del Caballero de la Blanca Luna era la de vencer a Don Quixote en su mundo y llevarlo de vuelta a su pueblo para ser sanado. Posteriormente, al verse derrotado y humillado, troca su misión por la de destruir al caballero. Finalmente, con un nuevo nombre, lo vuelve a desafiar y lo vence pero, admirado de su valor, le perdona la vida y lo manda de nuevo a su pueblo para reencontrarse con la realidad.

en este mundo sin ser de este mundo. Al final, tristemente, el mundo triunfa, Don Quixote "recobra la cordura", se desilusiona y muere, pero aun en su lecho de muerte, Sancho, ese gordo oportunista que se aprovechaba de él, reconoce su error, y ruega a Don Quixote volver a esa realidad entre fantástica y autentica, pero ya es tarde.

¿Qué debe hacer el Cristiano, sino vivir ese mundo inocente, ideal, sin dejarse caer en el dolor del mundo, luchando por salvar a quienes se encuentran perdidos y sin esperanza? No ciego, como quien no quiere ver, sino consciente de la realidad, pero viendo siempre más allá, a Cristo, que lo llama a vivir inocentemente, como un niño.

Pero del otro lado, mencionaba a Lazarillo de Tormes, un niño, de padre desconocido y madre pobre, que vive en un mundo de desilusión, con el ciego, el clérigo, todos lo maltratan, y cuando alguien finalmente lo trata con algo de dignidad, al final lo traiciona. Su mujer lo engaña y él se deja llevar por el mundo. Lazarillo representa al hombre resignado de nuestro tiempo (y de su tiempo), infeliz, temeroso de "chocar contra la realidad", o que, habiendo chocado, se rinde y la asume sin pelear.

El libro, de autor anónimo, fue escrito hacia 1500 como una crítica a la sociedad de su tiempo, y sí que lo es, y del nuestro también. Lazarillo, resignado, renuncia a la felicidad y busca la forma de sobrevivir el día a día mediante sus travesuras y maldades; conoce la realidad, y no le interesa cambiarla, cae en un triste conformismo vacío del que no puede salir, y así pasa su vida, sin sentido.

Ambos personajes representan dos clases de persona, una, el intrépido y valiente idealista Cristiano, que lucha por cambiar el mundo, y se alegra en su miseria, ya decía Quixote que mientras el monje, desde la seguridad del monasterio, sostiene con la oración al Caballero, el Caballero lucha, sucio, piojoso y maltratado por aquello para lo que el monje reza. Que aun rodeado de mal, solo puede ver belleza y felicidad, ¡Aventura! Mientras que el otro, Lazarillo, ve un mundo corrupto y sucio y se sumerge en él y lo acepta, y ve flores grises, ve desgracia en la hermosura, ve dolor en la felicidad... no ve razones para vivir... pero vive...

Yo quiero ver un mundo hermoso, y chocarme mil veces contra la realidad, pero levantarme, y seguir chocando, y caer, pero volverme a levantar, y salir al combate, erguido, "idealista" si así me quieren decir, como un niño, sin ensuciarme las manos con la mugre del mundo, sino lavar al mundo con mis manos "ingenuas", "ciegas", incapaces de ver la realidad, heridas de tantas caídas.

Yo... Quiero ser el Quixote.

Santiago Luis Pupi Cervio

Otras obras del autor

Oda a Sancho: Peregrino mexicano y guerrero (2020)

¿Por qué soy Católico? (2020)